Vergiss mein nicht

Vorwort

Liebe Familie,

Sie haben fraglos eine schwere Zeit hinter sich
und noch einen langen Weg der Trauer vor sich.

Mit diesem Erinnerungsbuch, welches ein weitergeführtes Kondolenzbuch ist,
soll es Ihnen als Familie und auch allen Freunden und Bekannten möglich sein,
Erinnerungen an einen Lieben Menschen festzuhalten.

Damit sie unvergessen bleiben!

Manchmal fehlen den Trauergästen auf der Beerdigung die richtigen Worte.
So können sie niedergeschrieben und aufbewahrt werden.

Menschen, die wir lieben,
bleiben für immer,
denn sie hinterlassen Spuren
in unseren Herzen.

In liebevoller

Erinnerung

an

....

†

*

Platz für ein Foto

Datum und Uhrzeit der Trauerfeier/Beerdigung ....

Ort der Trauerfeier ....

Ort der Beisetzung ....

Die Trauerfeier wurde geleitet von ....

Die Zeit der Trauer
kann die Zeit der erlebten Freude
nur überschatten,
aber nicht auslöschen.

....

Name

Unsere Beziehung zueinander

- ◯ Familienmitglied
- ◯ Freunde
- ◯ Nachbarn
- ◯ Arbeitskollegen/innen
- ◯ ....

Wir haben uns im Jahr .... kennengelernt.

Und zwar in/bei ....

Unser schönster gemeinsamer Moment ....

....

Was ich am meisten an Dir vermissen werde ....

....

Platz für ein gemeinsames Foto von uns, eine Erinnerung oder ein Zitat

Was ich Dir noch sagen wollte ....

....

Wo werden wir uns vielleicht wieder sehen ....

....

Wie ich Dich in Erinnerung behalten werde ....

....

Was ich den Hinterbliebenen noch sagen möchte ....

....

....

Name

Unsere Beziehung zueinander

- ○ Familienmitglied
- ○ Freunde
- ○ Nachbarn
- ○ Arbeitskollegen/innen
- ○ ....

Wir haben uns im Jahr .... kennengelernt.

Und zwar in/bei ....

Unser schönster gemeinsamer Moment ....

....

Was ich am meisten an Dir vermissen werde ....

....

Platz für ein gemeinsames Foto von uns, eine Erinnerung oder ein Zitat

Was ich Dir noch sagen wollte

Wo werden wir uns vielleicht wieder sehen

Wie ich Dich in Erinnerung behalten werde

Was ich den Hinterbliebenen noch sagen möchte

....

Name

Unsere Beziehung zueinander

- ◯ Familienmitglied
- ◯ Freunde
- ◯ Nachbarn
- ◯ Arbeitskollegen/innen
- ◯ ....

Wir haben uns im Jahr .... kennengelernt.

Und zwar in/bei ....

Unser schönster gemeinsamer Moment ....

....

Was ich am meisten an Dir vermissen werde ....

....

Platz für ein gemeinsames Foto von uns, eine Erinnerung oder ein Zitat

Was ich Dir noch sagen wollte ....

....

Wo werden wir uns vielleicht wieder sehen ....

....

Wie ich Dich in Erinnerung behalten werde ....

....

Was ich den Hinterbliebenen noch sagen möchte ....

....

....

Name

Unsere Beziehung zueinander

- ○ Familienmitglied
- ○ Freunde
- ○ Nachbarn
- ○ Arbeitskollegen/innen
- ○ ....

Wir haben uns im Jahr .... kennengelernt.

Und zwar in/bei ....

Unser schönster gemeinsamer Moment ....

....

Was ich am meisten an Dir vermissen werde ....

....

Platz für ein gemeinsames Foto von uns, eine Erinnerung oder ein Zitat

Was ich Dir noch sagen wollte ....

....

Wo werden wir uns vielleicht wieder sehen ....

....

Wie ich Dich in Erinnerung behalten werde ....

....

Was ich den Hinterbliebenen noch sagen möchte ....

....

....

Name

Unsere Beziehung zueinander

- ◯ Familienmitglied
- ◯ Freunde
- ◯ Nachbarn
- ◯ Arbeitskollegen/innen
- ◯ ....

Wir haben uns im Jahr .... kennengelernt.

Und zwar in/bei ....

Unser schönster gemeinsamer Moment ....

....

Was ich am meisten an Dir vermissen werde ....

....

Platz für ein gemeinsames Foto von uns, eine Erinnerung oder ein Zitat

Was ich Dir noch sagen wollte ....

....

Wo werden wir uns vielleicht wieder sehen ....

....

Wie ich Dich in Erinnerung behalten werde ....

....

Was ich den Hinterbliebenen noch sagen möchte ....

....

....

Name

Unsere Beziehung zueinander

- ◯ Familienmitglied
- ◯ Freunde
- ◯ Nachbarn
- ◯ Arbeitskollegen/innen
- ◯ ....

Wir haben uns im Jahr .... kennengelernt.

Und zwar in/bei ....

Unser schönster gemeinsamer Moment ....

....

Was ich am meisten an Dir vermissen werde ....

....

Platz für ein gemeinsames Foto von uns, eine Erinnerung oder ein Zitat

Was ich Dir noch sagen wollte ....

Wo werden wir uns vielleicht wieder sehen ....

Wie ich Dich in Erinnerung behalten werde ....

Was ich den Hinterbliebenen noch sagen möchte ....

....

Name

Unsere Beziehung zueinander

- ◯ Familienmitglied
- ◯ Freunde
- ◯ Nachbarn
- ◯ Arbeitskollegen/innen
- ◯ ....

Wir haben uns im Jahr .... kennengelernt.

Und zwar in/bei ....

Unser schönster gemeinsamer Moment ....

....

Was ich am meisten an Dir vermissen werde ....

....

Platz für ein gemeinsames Foto von uns, eine Erinnerung oder ein Zitat

Was ich Dir noch sagen wollte ....

....

Wo werden wir uns vielleicht wieder sehen ....

....

Wie ich Dich in Erinnerung behalten werde ....

....

Was ich den Hinterbliebenen noch sagen möchte ....

....

....

Name

Unsere Beziehung zueinander

- ◯ Familienmitglied
- ◯ Freunde
- ◯ Nachbarn
- ◯ Arbeitskollegen/innen
- ◯ ....

Wir haben uns im Jahr .... kennengelernt.

Und zwar in/bei ....

Unser schönster gemeinsamer Moment ....

....

Was ich am meisten an Dir vermissen werde ....

....

Platz für ein gemeinsames Foto von uns, eine Erinnerung oder ein Zitat

Was ich Dir noch sagen wollte

Wo werden wir uns vielleicht wieder sehen

Wie ich Dich in Erinnerung behalten werde

Was ich den Hinterbliebenen noch sagen möchte

....

Name

Unsere Beziehung zueinander

- ◯ Familienmitglied
- ◯ Freunde
- ◯ Nachbarn
- ◯ Arbeitskollegen/innen
- ◯ ....

Wir haben uns im Jahr .... kennengelernt.

Und zwar in/bei ....

Unser schönster gemeinsamer Moment ....

....

Was ich am meisten an Dir vermissen werde ....

....

Platz für ein gemeinsames Foto von uns, eine Erinnerung oder ein Zitat

Was ich Dir noch sagen wollte ……………………………………………………………

……………………………………………………………………………………………

Wo werden wir uns vielleicht wieder sehen ………………………………………………

……………………………………………………………………………………………

Wie ich Dich in Erinnerung behalten werde ……………………………………………

……………………………………………………………………………………………

Was ich den Hinterbliebenen noch sagen möchte ………………………………………

……………………………………………………………………………………………

....

Name

Unsere Beziehung zueinander

- ○ Familienmitglied
- ○ Freunde
- ○ Nachbarn
- ○ Arbeitskollegen/innen
- ○ ....

Wir haben uns im Jahr .... kennengelernt.

Und zwar in/bei ....

Unser schönster gemeinsamer Moment ....

....

Was ich am meisten an Dir vermissen werde ....

....

Platz für ein gemeinsames Foto von uns, eine Erinnerung oder ein Zitat

Was ich Dir noch sagen wollte ....

....

Wo werden wir uns vielleicht wieder sehen ....

....

Wie ich Dich in Erinnerung behalten werde ....

....

Was ich den Hinterbliebenen noch sagen möchte ....

....

....

Name

Unsere Beziehung zueinander

- ◯ Familienmitglied
- ◯ Freunde
- ◯ Nachbarn
- ◯ Arbeitskollegen/innen
- ◯ ....

Wir haben uns im Jahr .... kennengelernt.

Und zwar in/bei ....

Unser schönster gemeinsamer Moment ....

....

Was ich am meisten an Dir vermissen werde ....

....

Platz für ein gemeinsames Foto von uns, eine Erinnerung oder ein Zitat

Was ich Dir noch sagen wollte ....

....

Wo werden wir uns vielleicht wieder sehen ....

....

Wie ich Dich in Erinnerung behalten werde ....

....

Was ich den Hinterbliebenen noch sagen möchte ....

....

....

Name

Unsere Beziehung zueinander

- ○ Familienmitglied
- ○ Freunde
- ○ Nachbarn
- ○ Arbeitskollegen/innen
- ○ ....

Wir haben uns im Jahr .... kennengelernt.

Und zwar in/bei ....

Unser schönster gemeinsamer Moment ....

....

Was ich am meisten an Dir vermissen werde ....

....

Platz für ein gemeinsames Foto von uns, eine Erinnerung oder ein Zitat

Was ich Dir noch sagen wollte ....

....

Wo werden wir uns vielleicht wieder sehen ....

....

Wie ich Dich in Erinnerung behalten werde ....

....

Was ich den Hinterbliebenen noch sagen möchte ....

....

....

Name

Unsere Beziehung zueinander

- ◯ Familienmitglied
- ◯ Freunde
- ◯ Nachbarn
- ◯ Arbeitskollegen/innen
- ◯ ....

Wir haben uns im Jahr .... kennengelernt.

Und zwar in/bei ....

Unser schönster gemeinsamer Moment ....

....

Was ich am meisten an Dir vermissen werde ....

....

Platz für ein gemeinsames Foto von uns, eine Erinnerung oder ein Zitat

Was ich Dir noch sagen wollte ....

....

Wo werden wir uns vielleicht wieder sehen ....

....

Wie ich Dich in Erinnerung behalten werde ....

....

Was ich den Hinterbliebenen noch sagen möchte ....

....

....

Name

Unsere Beziehung zueinander

- ○ Familienmitglied
- ○ Freunde
- ○ Nachbarn
- ○ Arbeitskollegen/innen
- ○ ....

Wir haben uns im Jahr .... kennengelernt.

Und zwar in/bei ....

Unser schönster gemeinsamer Moment ....

....

Was ich am meisten an Dir vermissen werde ....

....

Platz für ein gemeinsames Foto von uns, eine Erinnerung oder ein Zitat

Was ich Dir noch sagen wollte

Wo werden wir uns vielleicht wieder sehen

Wie ich Dich in Erinnerung behalten werde

Was ich den Hinterbliebenen noch sagen möchte

....

Name

Unsere Beziehung zueinander

- ◯ Familienmitglied
- ◯ Freunde
- ◯ Nachbarn
- ◯ Arbeitskollegen/innen
- ◯ ....

Wir haben uns im Jahr .... kennengelernt.

Und zwar in/bei ....

Unser schönster gemeinsamer Moment ....

....

Was ich am meisten an Dir vermissen werde ....

....

Platz für ein gemeinsames Foto von uns, eine Erinnerung oder ein Zitat

Was ich Dir noch sagen wollte ....

....

Wo werden wir uns vielleicht wieder sehen ....

....

Wie ich Dich in Erinnerung behalten werde ....

....

Was ich den Hinterbliebenen noch sagen möchte ....

....

....

Name

Unsere Beziehung zueinander

- ◯ Familienmitglied
- ◯ Freunde
- ◯ Nachbarn
- ◯ Arbeitskollegen/innen
- ◯ ....

Wir haben uns im Jahr .... kennengelernt.

Und zwar in/bei ....

Unser schönster gemeinsamer Moment ....

....

Was ich am meisten an Dir vermissen werde ....

....

Platz für ein gemeinsames Foto von uns, eine Erinnerung oder ein Zitat

Was ich Dir noch sagen wollte ....

....

Wo werden wir uns vielleicht wieder sehen ....

....

Wie ich Dich in Erinnerung behalten werde ....

....

Was ich den Hinterbliebenen noch sagen möchte ....

....

....

Name

Unsere Beziehung zueinander

- ◯ Familienmitglied
- ◯ Freunde
- ◯ Nachbarn
- ◯ Arbeitskollegen/innen
- ◯ ....

Wir haben uns im Jahr .... kennengelernt.

Und zwar in/bei ....

Unser schönster gemeinsamer Moment ....

....

Was ich am meisten an Dir vermissen werde ....

....

Platz für ein gemeinsames Foto von uns, eine Erinnerung oder ein Zitat

Was ich Dir noch sagen wollte ....

....

Wo werden wir uns vielleicht wieder sehen ....

....

Wie ich Dich in Erinnerung behalten werde ....

....

Was ich den Hinterbliebenen noch sagen möchte ....

....

....

Name

Unsere Beziehung zueinander

- ◯ Familienmitglied
- ◯ Freunde
- ◯ Nachbarn
- ◯ Arbeitskollegen/innen
- ◯ ....

Wir haben uns im Jahr .... kennengelernt.

Und zwar in/bei ....

Unser schönster gemeinsamer Moment ....

....

Was ich am meisten an Dir vermissen werde ....

....

Platz für ein gemeinsames Foto von uns, eine Erinnerung oder ein Zitat

Was ich Dir noch sagen wollte

Wo werden wir uns vielleicht wieder sehen

Wie ich Dich in Erinnerung behalten werde

Was ich den Hinterbliebenen noch sagen möchte

....

Name

Unsere Beziehung zueinander

- ◯ Familienmitglied
- ◯ Freunde
- ◯ Nachbarn
- ◯ Arbeitskollegen/innen
- ◯ ....

Wir haben uns im Jahr .... kennengelernt.

Und zwar in/bei ....

Unser schönster gemeinsamer Moment ....

....

Was ich am meisten an Dir vermissen werde ....

....

Platz für ein gemeinsames Foto von uns, eine Erinnerung oder ein Zitat

Was ich Dir noch sagen wollte ....

....

Wo werden wir uns vielleicht wieder sehen ....

....

Wie ich Dich in Erinnerung behalten werde ....

....

Was ich den Hinterbliebenen noch sagen möchte ....

....

....

Name

Unsere Beziehung zueinander

- ◯ Familienmitglied
- ◯ Freunde
- ◯ Nachbarn
- ◯ Arbeitskollegen/innen
- ◯ ....

Wir haben uns im Jahr .... kennengelernt.

Und zwar in/bei ....

Unser schönster gemeinsamer Moment ....

....

Was ich am meisten an Dir vermissen werde ....

....

Platz für ein gemeinsames Foto von uns, eine Erinnerung oder ein Zitat

Was ich Dir noch sagen wollte ....

....

Wo werden wir uns vielleicht wieder sehen ....

....

Wie ich Dich in Erinnerung behalten werde ....

....

Was ich den Hinterbliebenen noch sagen möchte ....

....

....

Name

Unsere Beziehung zueinander

- ○ Familienmitglied
- ○ Freunde
- ○ Nachbarn
- ○ Arbeitskollegen/innen
- ○ ....

Wir haben uns im Jahr .... kennengelernt.

Und zwar in/bei ....

Unser schönster gemeinsamer Moment ....

....

Was ich am meisten an Dir vermissen werde ....

....

Platz für ein gemeinsames Foto von uns, eine Erinnerung oder ein Zitat

Was ich Dir noch sagen wollte ....

....

Wo werden wir uns vielleicht wieder sehen ....

....

Wie ich Dich in Erinnerung behalten werde ....

....

Was ich den Hinterbliebenen noch sagen möchte ....

....

....

Name

Unsere Beziehung zueinander

- ○ Familienmitglied
- ○ Freunde
- ○ Nachbarn
- ○ Arbeitskollegen/innen
- ○ ....

Wir haben uns im Jahr .... kennengelernt.

Und zwar in/bei ....

Unser schönster gemeinsamer Moment ....

....

Was ich am meisten an Dir vermissen werde ....

....

Platz für ein gemeinsames Foto von uns, eine Erinnerung oder ein Zitat

Was ich Dir noch sagen wollte ....

....

Wo werden wir uns vielleicht wieder sehen ....

....

Wie ich Dich in Erinnerung behalten werde ....

....

Was ich den Hinterbliebenen noch sagen möchte ....

....

....

Name

Unsere Beziehung zueinander

- ◯ Familienmitglied
- ◯ Freunde
- ◯ Nachbarn
- ◯ Arbeitskollegen/innen
- ◯ ....

Wir haben uns im Jahr .... kennengelernt.

Und zwar in/bei ....

Unser schönster gemeinsamer Moment ....

....

Was ich am meisten an Dir vermissen werde ....

....

Platz für ein gemeinsames Foto von uns, eine Erinnerung oder ein Zitat

Was ich Dir noch sagen wollte ……………………………………………………

……………………………………………………………………………………

Wo werden wir uns vielleicht wieder sehen ……………………………………

……………………………………………………………………………………

Wie ich Dich in Erinnerung behalten werde ……………………………………

……………………………………………………………………………………

Was ich den Hinterbliebenen noch sagen möchte ………………………………

……………………………………………………………………………………

....

Name

Unsere Beziehung zueinander

- ◯ Familienmitglied
- ◯ Freunde
- ◯ Nachbarn
- ◯ Arbeitskollegen/innen
- ◯ ....

Wir haben uns im Jahr .... kennengelernt.

Und zwar in/bei ....

Unser schönster gemeinsamer Moment ....

....

Was ich am meisten an Dir vermissen werde ....

....

Platz für ein gemeinsames Foto von uns, eine Erinnerung oder ein Zitat

Was ich Dir noch sagen wollte ....

....

Wo werden wir uns vielleicht wieder sehen ....

....

Wie ich Dich in Erinnerung behalten werde ....

....

Was ich den Hinterbliebenen noch sagen möchte ....

....

....

Name

Unsere Beziehung zueinander

- ◯ Familienmitglied
- ◯ Freunde
- ◯ Nachbarn
- ◯ Arbeitskollegen/innen
- ◯ ....

Wir haben uns im Jahr .... kennengelernt.

Und zwar in/bei ....

Unser schönster gemeinsamer Moment ....

....

Was ich am meisten an Dir vermissen werde ....

....

Platz für ein gemeinsames Foto von uns, eine Erinnerung oder ein Zitat

Was ich Dir noch sagen wollte ....

....

Wo werden wir uns vielleicht wieder sehen ....

....

Wie ich Dich in Erinnerung behalten werde ....

....

Was ich den Hinterbliebenen noch sagen möchte ....

....

....

Name

Unsere Beziehung zueinander

○ Familienmitglied
○ Freunde
○ Nachbarn
○ Arbeitskollegen/innen
○ ....

Wir haben uns im Jahr .... kennengelernt.

Und zwar in/bei ....

Unser schönster gemeinsamer Moment ....

....

Was ich am meisten an Dir vermissen werde ....

....

Platz für ein gemeinsames Foto von uns, eine Erinnerung oder ein Zitat

Was ich Dir noch sagen wollte ....

....

Wo werden wir uns vielleicht wieder sehen ....

....

Wie ich Dich in Erinnerung behalten werde ....

....

Was ich den Hinterbliebenen noch sagen möchte ....

....

....

Name

Unsere Beziehung zueinander

- ○ Familienmitglied
- ○ Freunde
- ○ Nachbarn
- ○ Arbeitskollegen/innen
- ○ ....

Wir haben uns im Jahr .... kennengelernt.

Und zwar in/bei ....

Unser schönster gemeinsamer Moment ....

....

Was ich am meisten an Dir vermissen werde ....

....

Platz für ein gemeinsames Foto von uns, eine Erinnerung oder ein Zitat

Was ich Dir noch sagen wollte ....

....

Wo werden wir uns vielleicht wieder sehen ....

....

Wie ich Dich in Erinnerung behalten werde ....

....

Was ich den Hinterbliebenen noch sagen möchte ....

....

....

Name

Unsere Beziehung zueinander

- ◯ Familienmitglied
- ◯ Freunde
- ◯ Nachbarn
- ◯ Arbeitskollegen/innen
- ◯ ....

Wir haben uns im Jahr .... kennengelernt.

Und zwar in/bei ....

Unser schönster gemeinsamer Moment ....

....

Was ich am meisten an Dir vermissen werde ....

....

Platz für ein gemeinsames Foto von uns, eine Erinnerung oder ein Zitat

Was ich Dir noch sagen wollte ....

....

Wo werden wir uns vielleicht wieder sehen ....

....

Wie ich Dich in Erinnerung behalten werde ....

....

Was ich den Hinterbliebenen noch sagen möchte ....

....

....

Name

Unsere Beziehung zueinander

- ◯ Familienmitglied
- ◯ Freunde
- ◯ Nachbarn
- ◯ Arbeitskollegen/innen
- ◯ ....

Wir haben uns im Jahr .... kennengelernt.

Und zwar in/bei ....

Unser schönster gemeinsamer Moment ....

....

Was ich am meisten an Dir vermissen werde ....

....

Platz für ein gemeinsames Foto von uns, eine Erinnerung oder ein Zitat

Was ich Dir noch sagen wollte ....

....

Wo werden wir uns vielleicht wieder sehen ....

....

Wie ich Dich in Erinnerung behalten werde ....

....

Was ich den Hinterbliebenen noch sagen möchte ....

....

....

Name

Unsere Beziehung zueinander

- ◯ Familienmitglied
- ◯ Freunde
- ◯ Nachbarn
- ◯ Arbeitskollegen/innen
- ◯ ....

Wir haben uns im Jahr .... kennengelernt.

Und zwar in/bei ....

Unser schönster gemeinsamer Moment ....

....

Was ich am meisten an Dir vermissen werde ....

....

Platz für ein gemeinsames Foto von uns, eine Erinnerung oder ein Zitat

Was ich Dir noch sagen wollte ....

....

Wo werden wir uns vielleicht wieder sehen ....

....

Wie ich Dich in Erinnerung behalten werde ....

....

Was ich den Hinterbliebenen noch sagen möchte ....

....

....

Name

Unsere Beziehung zueinander

- ◯ Familienmitglied
- ◯ Freunde
- ◯ Nachbarn
- ◯ Arbeitskollegen/innen
- ◯ ....

Wir haben uns im Jahr .... kennengelernt.

Und zwar in/bei ....

Unser schönster gemeinsamer Moment ....

....

Was ich am meisten an Dir vermissen werde ....

....

Platz für ein gemeinsames Foto von uns, eine Erinnerung oder ein Zitat

Was ich Dir noch sagen wollte ....

....

Wo werden wir uns vielleicht wieder sehen ....

....

Wie ich Dich in Erinnerung behalten werde ....

....

Was ich den Hinterbliebenen noch sagen möchte ....

....

....

Name

Unsere Beziehung zueinander

- ◯ Familienmitglied
- ◯ Freunde
- ◯ Nachbarn
- ◯ Arbeitskollegen/innen
- ◯ ....

Wir haben uns im Jahr .... kennengelernt.

Und zwar in/bei ....

Unser schönster gemeinsamer Moment ....

....

Was ich am meisten an Dir vermissen werde ....

....

Platz für ein gemeinsames Foto von uns, eine Erinnerung oder ein Zitat.

Was ich Dir noch sagen wollte ....

....

Wo werden wir uns vielleicht wieder sehen ....

....

Wie ich Dich in Erinnerung behalten werde ....

....

Was ich den Hinterbliebenen noch sagen möchte ....

....

....

Name

Unsere Beziehung zueinander

- ○ Familienmitglied
- ○ Freunde
- ○ Nachbarn
- ○ Arbeitskollegen/innen
- ○ ....

Wir haben uns im Jahr .... kennengelernt.

Und zwar in/bei ....

Unser schönster gemeinsamer Moment ....

....

Was ich am meisten an Dir vermissen werde ....

....

Platz für ein gemeinsames Foto von uns, eine Erinnerung oder ein Zitat

Was ich Dir noch sagen wollte ....

....

Wo werden wir uns vielleicht wieder sehen ....

....

Wie ich Dich in Erinnerung behalten werde ....

....

Was ich den Hinterbliebenen noch sagen möchte ....

....

Was bleibt,
wenn alles Vergängliche geht,
ist die Liebe.

Dieses Buch wurde in Übereinstimmung mit den GPSR-Richtlinien der EU zur Sicherheit von Produkten erstellt.

Die Verordnung über die allgemeine Produktsicherheit ist der aktualisierte Rahmen der Europäischen Union, um sicherzustellen, dass alle Verbraucherprodukte, einschließlich Bücher, für Verbraucher sicher sind.

Dieses Buch wurde von CPI books GmbH gedruckt. Der Drucker hat Sicherheitszertifikate für die verwendeten Materialien wie Tinte, Papier und Kleber ausgestellt.

Die Produktkennung ist: 9789403782416

Der Autor ist für den Inhalt des Buches verantwortlich, ist Herausgeber der Werke und trägt die volle Verantwortung dafür.

Das Buch wurde über Bookmundo veröffentlicht. Bookmundo ermöglicht es jedem Autor, seine Geschichten über gedruckte Bücher und E-Books und ein breites Vertriebsnetz mit dem Rest der Welt zu teilen.

Bookmundo fungiert als Vermittler bei Sicherheitsfragen und richtet diese an den Drucker/Autor. Sollten Sie Fragen zur Sicherheit des Produkts haben, kontaktieren Sie uns bitte.

Bookmundo
Delftsestraat 33
3013AE Rotterdam
Die Niederlande
info@bookmundo.com

Zeitfracht Medien GmbH
Ferdinand-Jühlke-Straße 7,
99095 - DE, Erfurt
produktsicherheit@zeitfracht.de

FSC
www.fsc.org
MIX
Papier | Fördert
gute Waldnutzung
FSC® C083411